AF295894

MON APOLOGIE,

SATIRE.

Par M. GILBERT.

TROISIEME ÉDITION,
revue & corrigée.

A LA HAYE.

1778.

INTERLOCUTEURS.

PSAPHON, *Philosophe du jour.*

GILBERT, *Poète satirique.*

MON APOLOGIE,

SATIRE.

PSAPHON. (*à part.*)

Cʼest ce monſtre !

GILBERT. (*à part.*)

Quʼentens-je !

PSAPHON. (*à part.*)

Oui, ſon œil le décèle ;

Cʼeſt lui-même : ſans doute il médite un libelle.

GILBERT. (*à part.*)

Cʼeſt un mauvais auteur, & je crois le ſentir.

PSAPHON.

Jeune homme ! écoutez moi ; je veux vous convertir.

GILBERT.

Sʼil faut vous écouter, jʼaime encor mieux vous lire.

Vous me calomniez, & blâmez la Satire ?

Vous êtes Philoſophe.

PSAPHON.

Oui, j'en fais vanité,
Et mes écrits moraux prouvent ma probité.
Fameux par fes talens que la Ruffie honore,
Pfaphon, par fes vertus, eft plus célèbre encore ;
Mais vous dont l'infolence, en des vers impofteurs,
De cet âge innocent ofa noircir les mœurs,
Et qui des vrais talens déchirant la Couronne,
Offenfez des Auteurs qui n'offenfent perfonne ;
De la religion foldat deshonoré,
Vous qui croyez en Dieu dans un fiècle éclairé,
Gilbert, de votre cœur favez-vous ce qu'on penfe ?
Hypocrite, jaloux, cuiraffé d'impudence,
Vous ne l'ignorez pas, votre méchanceté
Donna feule à vos vers quelque célébrité,
Et l'oubli cacheroit votre mufe hardie,
Si vous n'aviez médit de l'Encyclopédie.
Encor fi démafquant les Prêtres, les Dévots,
Vous diffamiez leur Dieu par d'utiles bons mots ;
Peut-être on vous pourroit pardonner la Satire :
Lorfqu'on médit de Dieu, fans crime on peut médire.
Mais toujours critiquer en vers pieux & froids,
Sans daigner feulement endoctriner les Rois,
Sans qu'une fois au moins votre mufe en extafe
Du mot de tolérance attendriffe une phrafe ;

Blafphêmer la vertu des Sages de Paris ;
De la chûte des mœurs accufer leurs écrits ;
Tant de fiel corrompt-il un cœur fi jeune encore !
Infortuné Cenfeur, qu'un peu d'efprit décore,
Que vous a donc produit votre goût fi tranchant ?
Vous payez cher l'honneur de paffer pour méchant.
A-t-on vû votre mufe, à la Cour préfentée,
Pour décrier les Rois, du Roi même rentée ?
Peut-on citer un Duc qui foit de vos amis ?
Parmi vos protecteurs comptez-vous un Commis ?
Vend-t-on votre portrait ? Quel corps Académique
Vous a penfionné d'un prix périodique ?
Des quarante Immortels Journalifte adoptif,
Etes vous du Fauteüil héritier préfomptif ?
Aux cris religieux d'un Parterre idolâtre,
En face de vous-même, au milieu du théâtre,
Jamais en Effigie affis fur un autel,
Vous a-t-on couronné d'un laurier folemnel ?
Quelle Bourgeoife enfin, quelle Actrice difcrette
Plaignant la nudité de votre humble retraite,
De fes dons clandeftins meubla votre Apollon,
Et vint avec refpect vifiter votre nom ?
Tout le monde vous fuit ; votre ami dans la rue
N'ofant vous reconnoître, à peine vous falue.
Jamais à vous chanter un Poëte empreffé,
De petits vers flatteurs ne vous a careffé,

Et jamais, comme nous, en bonne compagnie,
On ne voit chez les grands souper votre Génie.
Dans nos doctes caffés par hazard entrez-vous ?
L'un vous montre du doigt, l'autre sort en courroux ;
Chacun vous insultant d'un œil philosophique,
Se dit : fuyés cet homme ; il mord ; c'est un critique.
Mais de tant de mépris méchamment consolé,
Vous sifflez l'univers dont vous êtes sifflé :
Croyez-moi, laissez-nous vivre & penser tranquiles ;
Sur d'utiles sujets rimez des vers utiles ;
Chantez les douze mois, prêchez sur les saisons ;
Egayez la morale en Operas bouffons ;
Que vos nobles talens s'élevent jusqu'aux Drames,
Et sur l'agriculture attendrissent nos Dames.
Votre jeune Apollon qui n'a point réussi,
Dans la Satire encor ne peut être endurci ;
Un jour vous pleurerez d'avoir trop osé rire :
Cessez de critiquer...

G I L B E R T.

Eh ! cessez donc d'écrire.
Tant qu'une légion de pédans novateurs
Imprimera l'ennui, pour le vendre aux lecteurs,
Et par *in-octavo* publiera l'athéisme ;
Fanatiques criant contre le fanatisme ;
Dussent tous les Commis, à vos muses si chers,
De leur protection deshériter mes vers ;

Quand même des Catins la colère unanime,
Sans pitié m'ôteroit l'honneur de leur estime,
Et qu'enfin mon courage auroit plus de censeurs,
Que les sages du tems n'ont de sots défenseurs ;
Appellez moi jaloux, froid rimeur, hypocrite ;
Donnez-moi tous les noms qu'un Sophiste mérite ;
Je veux, de vos pareils ennemi sans retour,
Foüetter d'un vers sanglant ces grands hommes d'un jour.
Philosophe, excusez ma candeur insolente ;
Je crois, plus je vous lis, la Satire innocente.
Quoiqu'on blâme le vice, on peut avoir des mœurs,
Et l'on n'est point méchant, pour berner des Auteurs.
Auriez-vous seuls le droit de critiquer sans crime ?
Vous vantez l'Ecrivain dont l'audace anonime
Interrogeant les Rois, sur leur trône insultés,
Leur dit obscurément de lâches vérités ;
Et vous osez noircir celui dont la franchise
Fait aux pédans du siècle une guerre permise ;
Qui d'un style d'airain flétrit ces corrupteurs
Et signe hardiment ses vers accusateurs ?
Eh ! quel autre intérêt peut dicter ses censures,
Qu'un généreux desir de voir les mœurs plus pures
Refleurir sur nos bords, de vertus dépeuplés,
Et nos froids Ecrivains, au bon goût rappellés,
Orner d'un style heureux une saine morale,
De leurs partis rivaux étouffer le scandale,

Et l'un de l'autre amis, noblement s'occuper
De mériter la gloire & non de l'usurper ?
Parlez ; au bien public s'immolant par malice,
Vengeroit-il le goût, proscriroit-il le vice
Pour l'étrange plaisir de perdre son repos ;
D'être gratifié de la haine des sots,
Doté sur vos Journaux d'une rente d'injures,
Ou clandestinement diffamé par brochures.
Non, s'il fait dans ses vers parler la vérité ;
C'est qu'au fond de son cœur sa franche probité
Ne sait point retenir la haine vertueuse
Que porte au vice heureux l'équité courageuse
Et cette impatience & ce loyal mépris
Que tout mauvais Auteur inspire aux bons esprits.
A la Satire enfin quel Poète fidèle,
Vengeur de la vertu, n'en fut pas le modèle ?
Perse qui vécut chaste en mérita le nom.
Là reposent Condé, Colbert & Lamoignon
Et toute cette cour de Héros ou de Sages
Que Boileau, pour amis, obtint par ses ouvrages :
Interrogez leur cendre ; & du fond des tombeaux,
Leur cendre véridique honorant Dépreaux,
Justifiera son art que vous osez proscrire,
Et ses mœurs, de son siècle éternelle Satire.
Disciple, jeune encor, de ces maîtres fameux,
Sans gloire, & cependant calomnié comme eux,

Je pourrois au mensonge opposer pour défense
L'estime de Crillon, ma vie & le silence ;
Mais je veux vous confondre, & voici mes forfaits.
Ma muse, je l'avoue, amante des hauts faits,
Pour rappeller mon siècle au culte de la gloire,
De sa honte effrontée osa tracer l'histoire.
O douleur, ai-je dit, ô siècle malheureux !
D'une morale impie ô règne désastreux !
Le crime est sans pudeur ; l'équité, sans courage ;
Et c'est de la vertu qu'on rougit dans notre âge.
Visitons nos Cités : hélas ! que voyons-nous,
Qui de l'homme de bien n'allume le courroux !
L'athéisme, en déserts convertissant nos Temples ;
Des forfaits dont l'histoire ignoroit les exemples ;
De célebres procès où vaincus & vainqueurs
Prouvent également la honte de leurs mœurs ;
Tous les rangs confondus & disputant de vices ;
Le silence des loix, du scandale complices.
Peindrai-je ces Waux-Hals, dans Paris protégés,
Ces marchés de débauche, en spectacle érigés,
Où des beautés du jour la Nation galante,
Des sottises des Grands à l'envi rayonnante,
Promenant ses appas, par la vogue enchéris,
Vient, en corps, afficher des crimes à tout prix ;
Où parmi nos Sultans la mère va répandre
Sa fille vierge encor, qu'elle instruit à se vendre ;

Jeune espoir des plaisirs d'un riche suborneur,
Qui cultive à grands frais son futur deshonneur.
    Mais par-tout affligée & par-tout méconnue,
La pudeur ne sait plus où reposer sa vue;
Et l'opprobre & le vice & leur prospérité
Blessent de toutes parts sa chaste pauvreté :
La fille d'un valet, qu'entraîna dans le crime
Le spectacle public des respects qu'il imprime,
Par un Grand dérobée aux soupirs des laquais,
Long-tems obscurs fermiers de ses obscurs attraits,
Possède ces Hôtels dont la pompe arrogante
Reproche à la vertu sa retraite indigente :
Bien-tôt, par la fortune échappant au mépris,
On verra sa beauté, fameuse dans Paris,
Au sein de Paris même, encor plein de sa honte,
Epouser les ayeux d'un Marquis ou d'un Comte,
Armorier son char de glaives, de drapeaux
Et se masquer d'un nom porté par des Héros;
Et n'imaginez pas que sa richesse immense
Ait de son fol amant dévoré l'opulence;
Qu'il soit, pour expier sa prodigalité,
Réduit à devenir dévôt par pauvreté.
L'état volé paya ses amours printanniéres;
L'état, jusqu'à sa mort, paîra ses adultères.
Tous les jours dans Paris, en habit du matin,
Monsieur promène à pied son ennui libertin.

Sous ce modeste habit déguisant sa naissance,
Penthièvre quelquefois visite l'indigence,
Et de trésors pieux dépouillant son Palais,
Porte à la veuve en pleurs de pudiques bienfaits.
Mais ce voluptueux, à ses vices fidèle,
Cherche pour chaque jour une amante nouvelle :
La fille d'un bourgeois a frappé sa Grandeur ;
Il jette le mouchoir à sa jeune pudeur :
Vôlés, & que cet or, de mes feux interprête,
Coure avec ces bijoux marchander sa défaite ;
Qu'on la séduise. Il dit : ses Eunuques discrets,
Philosophes Abbés, Philosophes valets,
Intriguent, sèment l'or, trompent les yeux d'un père ;
Elle cède ; on l'enlève : en vain gémit sa mère ;
Échüe à l'Opera par un rapt solemnel,
Sa honte la dérobe au pouvoir paternel.
Cependant une vierge, aussi sage que belle,
Un jour à ce Sultan se montra plus rebelle.
Tout l'art des corrupteurs, auprès d'elle assidus,
Avoit, pour le servir, fait des crimes perdus.
Pour son plaisir d'un soir, que tout Paris périsse !
Voilà que dans la nuit, de ses fureurs complice,
Tandis que la beauté, victime de son choix,
Goute un chaste sommeil sous la garde des loix,
Il arme d'un flambeau ses mains incendiaires ;
Il court, il livre au feu les toits héréditaires

Qui la voyoient braver son amour oppresseur ;
Et l'emporte , mourante, en son char ravisseur :
Obscur , on l'eut flétri d'une mort légitime ;
Il est puissant ; les loix ont ignoré son crime.

Mais de quels attentats, nés d'infâmes amours,
N'avons-nous pas souillé l'histoire de nos jours ?
Quel siècle doit rougir de plus de parricides ?
Plus d'empoisonnemens , de fameux homicides
Ont-ils jamais lassé le glaive des bourreaux ?
Dans toutes nos cités j'entens les tribunaux
Sans cesse retentir de rapts & d'adultères ;
Je ne vois plus qu'époux rendus célibataires ;
Le Suicide enfin , raisonnant ses fureurs ,
Atteste par le sang le désordre des mœurs.

Tels furent mes discours ; mais lorsque mon courage
A de ces vérités importuné notre âge ;
Je n'étois que l'écho des hommes vertueux ;
Si j'ai blamé nos mœurs, j'en ai parlé comme eux ;
Et démenti par vous , leur voix me justifie.
Mais plus d'un grand se plaint que divulguant sa vie ,
L'audace de mon vers , des lecteurs retenu ,
A flétri ses amours d'un portrait reconnu :
De quel droit se plaint-il ? Ce tableau trop fidèle ,
L'ai-je deshonoré du nom de son modèle ?
Quand de traits différens , recueillis au hazard ,
Pour corriger les mœurs , je compose avec art

Un portrait fabuleux & pourtant véritable ;
Si du public devin la malice équitable
S'écrie : ah ! c'est un tel, ce Marquis diffamé ;
Qu'il s'en accuse seul ; ses vices l'ont nommé.
Suis-je donc si méchant, si coupable ?

PSAPHON.

Oui , vous l'êtes ;
Non par ce que vos vers, du public interprêtes,
Noircissent quelques grands que nous n'estimons pas :
Immolez au mépris ces nobles scélérats.
Moi-même, ami des grands, par fois je les déprime ;
Vous nommés les auteurs , & c'est-là votre crime.

GILBERT.

Ah ! si d'un doux encens je les eusse fêtés ;
Vous me pardonneriez de les avoir cités.
Quoi donc ! un écrivain veut que son nom partage
Le tribut de louange offert à son ouvrage
Et sans crime on ne peut, s'il blesse la raison ,
La venger par un ver , égayé de son nom ?
Comptable de l'ennui dont sa muse m'assomme ,
Pourquoi s'est-il nommé , s'il ne veut qu'on le nomme ?
Je prétens soulever les lecteurs détrompés ,
Contre un Auteur bouffi de succès usurpés ;
Sous une périphrase étouffant ma franchise ,
Au lieu de d'Alembert , faut-il donc que je dise ?

C'eſt ce joli pédant, géometre orateur ;
De l'Encyclopédie Ange conſervateur,
Dans l'hiſtoire, chargé d'inhumer ſes confrères ;
Grand homme, car il fait leurs extraits mortuaires.
Si j'évoque jamais du fond de ſon Journal
Des Sophiſtes du tems l'adulateur bannal ;
Lorſque ſon nom ſuffit, pour exciter le rire,
Dois-je, au lieu de la Harpe, obſcurément écrire :
C'eſt ce petit rimeur, de tant de prix enflé,
Qui ſifflé pour ſes vers, pour ſa proſe ſifflé,
Tout meurtri des faux pas de ſa muſe tragique,
Tomba de chute en chute au trône académique.
Ces détours ſont d'un lâche & malin détracteur :
Je ne veux point offrir d'énigmes au lecteur.
Sitôt que l'Auteur ſigne un écrit qui tranſpire,
Son nom doit partager l'éloge & la Satire.
De citer un pédant pourroit-on me blâmer,
Quand lui même, il ſe fait l'affront de ſe nommer ?
Aux mépris du public c'eſt lui ſeul qui ſe livre ;
Lui ſeul a dû rougir d'avouer un ſot livre.
Mais qui ſont ces Auteurs dont les noms offenſés
Se virent par ma plume au ſifflet dénoncés ?

P S A P H O N.

Qui ſont-ils ! des ſavans, renommés par leurs graces ;
Des Poètes loués dans toutes les Préfaces ;

Des hommages du Nord dans Paris affiégés ;
Craints peut-être à la Cour & pourtant protégés ;
Que la Sorbonne vante & même excommunie ,
Et dont les penfions atteftent le génie ;
Qui recherchés des grands , des belles défirés ,
Quoi qu’ils foient lûs enfin , font encore admirés.

GILBERT.

Et ce font ces honneurs qui portent ma colère
A revêtir leurs noms d’un opprobre exemplaire.
Un critique jaloux de plaire aux bons efprits
Toujours du bien public occupe fes écrits :
Eh ! quelle utilité peut fuivre la fatire
Lâchement dégradée & perdue à médire
D’un troupeau d’écrivains , au mépris condamnés ,
Morts avant que de naître , ou qui ne font pas nés ?
Dois-je exhumer St Ange & mettre au jour Murville ?
Dois-je ordonner le deüil de Gudin , de Fréville ?
Des cendres de Gaillard dois-je troubler la paix ?
Leurs écrits publiés ne parurent jamais :
Quel mal ont-ils produit ? D’une affreufe morale
Leur plume a-t-elle fait profpérer le fcandale ?
Prêché par eux , le vice eût perdu fes appas :
Corrompent-ils le goût des lécteurs qu’ils n’ont pas ?
Mais ceux qu’au moins décore un mafque de génie ,
Qui d’ailleurs par l’intrigue , avec art réunie

A l'obscène licence , au blasphême orgueilleux ;
Soutiennent leur crédit sur des succès honteux ;
Dont le nom parvenu sollicite à les lire ,
Et donne à leur morale un dangereux empire ,
Voilà les écrivains que le goût & les mœurs
Ordonnent d'étouffer sous les sifflets vengeurs.

PSAPHON.

Eh ! que pourroient vos cris contre leur vaste gloire!
Soixante ans de succès défendent leur mémoire.
On se rit , croyez moi , d'un jeune audacieux
Qui du Pinde Français pense avilir les Dieux.

GILBERT.

On juge , croyez-moi , les vers & non point l'âge.
Si je suis jeune enfin , j'en ai plus de courage :
Qu'ils tremblent ces faux Dieux dans leur temple insolent;
Je l'ai juré, je veux vieillir en les sifflant.
D'ennuyer nos neveux vainement ils se flattent :
Si soixante ans de gloire en leur faveur combattent;
Je suis , contre leur gloire , armé de leurs écrits;
Je ne m'aveugle point ; d'un sot orgueil épris ,
Mon crédule Apollon sur son foible génie ,
N'a point fondé l'espoir de leur ignominie ;
Mais sur l'autorité de ces morts immortels ,
Des peuples différens flambeaux universels ;
Grands hommes éprouvés , dont les vivants ouvrages
Sont autant de censeurs des livres de nos sages ;

Qui parlant par mes vers ; du goût humbles soutiens,
Couvrent de leurs talens l'impuissance des miens ;
Aux regards du public que ma voix désabuse
De leur antiquité semblent vieillir ma muse,
Et devant mes écrits, de leur nom appuïés,
Font taire soixante ans de succès mandiés.
Peut-être ma jeunesse, objet de vos injures,
Donne encor plus de poids à mes justes censures :
On connoit ces vieillards, sur le Pinde honorés :
Poiltiques adroits, charlatans illustrés,
Ceux-ci, pour assûrer leur gloire viagère,
Dévouant au faux goût leur Apollon vulgaire,
De la Philosophie arborent les drapeaux :
Ceux-là, pour ménager leur illustre repos,
Flattant tous les partis de caresses égales,
Ont juré de mentir aux deux ligues rivales,
Et tous par intérêt taisant la vérité,
Vendent le bien public à leur célébrité.
Le jeune homme, ignoré des partis qu'il ignore,
De leurs préventions n'est point esclave encore.
Rempli des morts fameux ; ses premiers précepteurs,
C'est par leurs yeux qu'il voit, qu'il juge les Auteurs ;
Son goût est aussi vrai, que sa franchise est pure ;
Comme il sort de ses mains, il sent mieux la nature ;
Son libre jugement est désintéressé
Et son vers dit toujours tout ce qu'il a pensé.

De votre honte enfin, vos cris viennent m'inftruire.
Pourquoi vous plaignez-vous, fi je n'ai pû vous nuire ?

PSAPHON.

C'eft toi feul que je plains, intraitable rimeur ;
Ta mère te conçut dans un accès d'humeur ;
Depuis cherchant à nuire & nuifant à toi-même,
Tu devins fatirique & méchant par fyftême.

GILBERT.

Ne me prêchez donc plus.

PSAPHON.

Hélas ! l'humanité
Mon frère, à vous prêcher excite ma bonté :
Voyez dans l'avenir quels regrets vous dévorent ;
Vous n'aurez point d'amis.

GILBERT.

Les ennemis honorent.

PSAPHON.

Point de prôneurs.

GILBERT.

J'aurai mes écrits pour prôneurs.

PSAPHON.

Quels feront vos appuis ?

GILBERT.

Tous les amis des mœurs,
Tous ceux qui du faux goût ont rejetté l'empire,
Un Roi qu'on peut louer, même dans la fatire.

PSAPHON.

PSAPHON.

Qu'importe ! aux penfions nous ferons feuls admis ;
Ayez pour vous le Roi, nous aurons les Commis.

GILBERT.

Sous un Roi qui voit tout ils fuivent la juftice.
Mais foit : n'écrivez plus, & qu'on vous enrichiffe :
Vous aimés la fortune, & moi, la vérité :
Trop heureufe à mes yeux la douce pauvreté
D'un Poëte annobli de mœurs & de courage,
Qui peut dire : jamais de mon avare hommage
Je n'ai flatté le vice, en mes vers combattu ;
J'ai perdu ma fortune à venger la vertu.
Si je vois mes travaux payés d'un peu d'eftime,
Ce peu de gloire aumoins eft noble & légitime ;
Tous mes écrits, enfants d'une chafte candeur,
N'ont jamais fait rougir le front de la pudeur ;
Ils plaifent fans blafphême & vivent fans cabales ;
Mes modeftes fuccès ne font point des fcandales ;
Ma mufe eft vierge encore, & mon nom refpecté,
Sans tache, ira peut-être à la poftérité.

FIN.

www.ingramcontent.com/pod-product-compliance
Ingram Content Group UK Ltd.
Pitfield, Milton Keynes, MK11 3LW, UK
UKHW022250070726
13613UKWH00005B/2212